LA BANDE JOYEUSE

CHANSONNIER NOUVEAU

par

Charles Gille, Victor Rabineau, Ch. Colmance
V. Drappier, H. Demanet, A. Dalès,
Noël Mouret, Gustave Leroy,
L.-C. Durand, etc.

PRIX : 50 CENT.

PARIS
LIBRAIRIE SPÉCIALE DE CHANT ET MAGASIN DE MUSIQUE
DE L. VIEILLOT, ÉDITEUR
Rue Notre-Dame de Nazareth, 32

LA BANDE JOYEUSE

Paris. —Imp. Beaulé, rue Jacques de Brosse, 10.

LA
BANDE JOYEUSE

CHANSONNIER NOUVEAU

par

Charles Gille, Victor Rabineau, Ch. Colmance
V. Drappier, H. Demanet, A. Dalès,
Noël Mouret, Gustave Leroy,
L.-C. Durand, etc.

PRIX : 50 CENT.

PARIS
LIBRAIRIE SPÉCIALE DE CHANT ET MAGASIN DE MUSIQUE
DE L. VIEILLOT, ÉDITEUR
Rue Notre-Dame de Nazareth, 32
1856

LA BANDE JOYEUSE

LA BANDE JOYEUSE

Air : *Bon! bon! vive la folie.*

Amis, en parcourant ce monde,
Où tout semble aller de travers,
Devons-nous craindre les revers,
Lorsque l'amitié nous seconde?
 Plus précieux que l'or.
 Son baume est le trésor
 De notre âme rieuse.

En avant la bande joyeuse!
Tout protége le bon vivant.
En avant la bande joyeuse!
La bande joyeuse en avant!

En tout lieu nous ferons merveille;
Bacchus suit notre régiment;
Pour celui qui boit sagement,
Il mit le bonheur en bouteille.
 Qui s'enivre est un sot;
 L'ivresse est comme un flot
 D'une mer orageuse. En avant, etc.

Loin de nous l'homme atrabilaire
Qui veut censurer nos ébats;
Il est des fleurs qu'il ne voit pas,
Dont le parfum est salutaire;

Bien qu'on en sût cueillir,
Il en reste à fleurir
Pour notre main glaneuse.

En avant, etc.

La vertu qu'un rien effarouche
Nous suppose mille péchés.
Les cœurs ne sont pas entachés
Quand c'est le plaisir qui les touche.
On rit avec Lison ;
On dort chez la raison,
La vieille radoteuse.

En avant, etc.

Le mariage est, sans nul doute,
Non le bonheur, mais un miroir,
Où plus d'un époux croit tout voir,
Et, pauvre aveugle, n'y voit goutte.
La lumière est à nous !
Dieu d'hymen, pour les fous,
Garde ta voix mielleuse.

En avant, etc.

Mais, si notre existence est belle,
Dans nos folles excursions,
De l'argent que nous gaspillons
Le malheur veut une parcelle ;
Volons à son secours :
Le ciel bénit toujours
Une main généreuse !

En avant, etc.

Eugène Petit.

JE VEUX FINIR COMME J'AI COMMENCÉ

Air : *Patrie, honneur, pour qui j'arme mon bras.*

Lorsque je prends avec vous mes ébats,
C'est un refrain avant tout que j'implore;
Mais la raison souvent me dit tout bas :
« A cinquante ans, peux-tu chanter encore ? »
Par des chansons ma mère m'a bercé,
Je veux finir comme j'ai commencé. } *bis.*

Suivant de loin les Bernis, les Chaulieu,
Je bois d'abord quand je me mets à table ;
Je bois encor pour le coup du milieu ;
Mais au dessert ma soif est redoutable !...
Le bouchon part... le Champagne a moussé...
Je veux finir comme j'ai commencé.

Quand mon curé me dit : « Mon cher, enfin,
» Quitterez-vous l'amour et la bouteille?
» Joyeux pécheur, il faut faire une fin. »
Je lui réponds, mais tout bas à l'oreille :
« Beaux yeux, bon vin, ne m'ont jamais lassé ;
» Je veux finir comme j'ai commencé. »

On pourrait bien se venger des méchants ;
(Et vous savez si l'espèce en abonde !)
Mais plus heureux, moi, par de tendres chants
J'ai supporté les peines de ce monde.
Jamais le fiel dans mon sang n'a passé ;
Je veux finir comme j'ai commencé.

Il m'en souvient, enfant, quand je pleurais,
J'étais porté dans les bras d'une femme!
Lorsqu'il faudra m'endormir à jamais,
Je veux encor que sa main me réclame;
Et sur son sein posant mon front glacé,
Je veux finir comme j'ai commencé.

Un avenir, une croyance, un Dieu
Ont embelli les jours de ma jeunesse;
Lorsqu'à ce monde il faudra dire adieu,
Sans espérer qu'un seul plaisir renaisse,
Ah! vers le ciel mon œil sera fixé...
Je veux finir comme j'ai commencé.

feu Brazier.

LE RÊVE D'UNE GRISETTE

Air : *Allez cueillir des bluets dans les blés.*

A ce caquet, ma Clarisse, fais trève,
Sur mon honneur, vraiment, c'est par trop fort,
Oh! de bon cœur, oui, je ris de ton rêve,
Qui te donnait des titres et de l'or.
Quoi! des laquais pour servir ta personne,
Quoi! des chevaux, des châteaux, des bijoux!
En attendant qu'on te fasse baronne,
Va me chercher du tabac pour deux sous.

Tu souriais, quand près de ta voiture,
Caracolait un jeune adorateur
Aux noirs cheveux, à la noble tournure,
Et qu'il jurait de faire ton bonheur.
Aimer toujours, dit-il, est ma devise,
Dites un mot, je deviens votre époux..

En attendant qu'un marquis te courtise,
Va me chercher du tabac pour deux sous.

De l'Opéra la musique enivrante
Venait charmer ton esprit et ton cœur;
On admirait cette taille avenante,
Puis on vantait tes attraits, ta blancheur.
Les amoureux, séduits par ton sourire,
Rampaient sans cesse, étaient à tes genoux.
En attendant qu'ici-bas on t'admire,
Va me chercher du tabac pour deux sous.

Et puis, sablant le Bordeaux, le Champagne,
En cabinet, te voyant chez Véfour,
Prenant alors la gaîté pour compagne,
Reine, en tous lieux on te faisait la cour.
Aux malheureux tu donnais, ma Clarisse,
De tous côtés tu faisais des jaloux.
En attendant qu'un pauvre te bénisse,
Va me chercher du tabac pour deux sous.

Pourtant ton cœur ne changeait pas, ma belle,
Et seul j'avais des droits à ton amour;
Dans ton palais, au pied de la tourelle,
Tu soupirais, désirant mon retour;
Tu redisais cette chanson nouvelle,
Qu'en m'amusant j'avais faite sur nous.
En attendant que tu me sois fidèle,
Va me chercher du tabac pour deux sous.

Mais, c'est assez, cesse ton bavardage,
Car de fumer je me sens le besoin;

Rêve un peu moins, soigne mieux ton ménage,
Et de ma pipe, oh ! surtout prends bien soin.
Contente-toi de ce que Dieu te donne,
Car le bonheur n'est pas dans les bijoux.
En attendant que je m'offre une bonne,
Va me chercher du tabac pour deux sous.

J. DEBEAUX.

LE MINEUR

Air de *Mes* 20 *ans*.

Pour le mineur les plus beaux jours sont ternes,
Qu'importe, ami, si le travail est bon ;
La pioche en main, aux lueurs des lanternes,
Ouvrons sans peur les veines du charbon...
Pour éviter quelque gaz délétère,
Soyons prudents, alertes, pleins d'ardeur...
De l'aube au soir, vivre à cent pieds sous terre,
C'est le refrain de l'ouvrier mineur !

Loin du soleil qui luit sur nos chaumines,
Loin des enfants qui pourtant nous sont chers,
Quand nous parlons aux échos de nos mines,
L'orgueil aussi nous prend et nous rend fiers...
Grâce à nos soins, jamais le temps ne rouille,
Nos monuments, œuvres d'un dur labeur...
Voir s'élargir nos grands palais de houille,
C'est le refrain de l'ouvrier mineur !

Par le succès de besognes chéries,
D'autres là-haut n'ont rien à redouter,
Nous, en fouillant d'étroites galeries,
La mort soudain pourrait nous arrêter...

Autour de nous plus d'un fléau fourmille,
Brisant parfois notre espoir suborneur...
Risquer ses jours, mais nourrir sa famille,
C'est le refrain de l'ouvrier mineur !

De tous progrès ardents auxiliaires,
De l'industrie intrépides appuis,
Nous consacrons nos forces journalières
A leur servir les trésors de nos puits...
Tous leurs succès sont dépendants des nôtres,
Nous les voyons sans en avoir l'honneur...
Mais quoiqu'obscur se croire utile aux autres,
C'est le refrain de l'ouvrier mineur?

Nous défions les célestes tempêtes,
Mais si l'éclair ne vient pas jusqu'à nous,
Du feu grison qui menace nos têtes,
Nous redoutons l'inflexible courroux...
Chacun de nous attend s'il doit éclore
Au premier cri que signale un malheur,
L'homme là-haut et Dieu plus haut encore,
C'est le refrain de l'ouvrier mineur! DURAND.

LE RÉMOULEUR

Air de *la Fauvette de Paris*.

Avec peu d'envie,
Beaucoup d'appétit,
Eh gai ! c'est la vie
Du gagne-petit !

Un décret céleste
M'a fait, sans douleur,

Naître pauvre et leste.
Et gai rémouleur;
Fier de ces cadeaux,
Cherchant partout quelque pratique,
J'ai fait de mon dos
Le possesseur de ma boutique.
Avec peu d'envie, etc.

Sans nul étalage,
Je vais lestement
De ville en village
Travailler gaîment;
Je sais, dès l'éveil,
Contenter chacun à la ronde,
Chantant au soleil
Qui veut briller pour tout le monde.
Avec peu d'envie, etc.

Partout je séjourne,
Grâce à mon métier,
Et ma meule tourne
Dans chaque quartier;
Comme tout chaland,
J'aime à servir toute industrie,
Et, toujours roulant,
Le monde entier est ma patrie.
Avec peu d'envie, etc.

Parcourant l'espace,
Allant n'importe où,
J'affile et repasse,
Touchant sou par sou,
Les outils actifs,
Des artisans humble apanage,

Et jusqu'aux canifs...
Qui trouent les contrats de ménage.
Avec peu d'envie, etc.

Sans me montrer chiche
De temps ou d'argent,
J'accueille le riche
Comme l'indigent;
Des nobles couteaux
Si je restaure les toilettes,
Je donne aux ciseaux
Le fil qu'il faut aux Rigolettes,
Avec peu d'envie, etc.

Si, quand on débourse
Pour moi quelques sous,
Je sais une bourse
Vide des deux bouts;
Au pauvre, en chemin,
J'offre un crédit qui l'émerveille,
Et mon lendemain
Est toujours plus beau que la veille.

Avec peu d'envie.
Beaucoup d'appétit,
Eh gai! c'est la vie
Du gagne-petit! L.-C. DURAND.

LA REINE DU LAVOIR

Air de *Charlotte-la-Républicaine.*

Partout on accourt pour la voir,
Madeleine, la blanchisseuse,
Voilà, dit la foule joyeuse,
La reine du lavoir!

C'est elle qui vient là,
Vêtue en jupe blanche,
La main sur une hanche
Que l'amour modela.
Qu'elle est bien, les bras nus,
En camisole fine,
Dont chaque pli dessine
Des trésors inconnus.
Partout, etc.

Sous cet air virginal
Bouillonne le courage;
C'est un diable à l'ouvrage,
Une sylphide au bal.
Parlez-lui d'épargner.
Quand le plaisir l'ordonne,
Madeleine s'en donne;
Elle a su le gagner.
Partout, etc.

Sur ces dons précieux
Que sa grâce décèle,
Si l'esprit étincelle,
Le cœur vaut encor mieux.
Jamais, sur son chemin,
Le pauvre sans ressource.,
Tant qu'elle a dans sa bourse,
En vain ne tend la main.
Partout, etc.

On ne sait si ce cœur
A l'amour est rebelle;
Mais, jusqu'ici, la belle
N'a pas eu de vainqueur.

Rien ne peut émouvoir
Cette reine farouche ;
Malheur à qui la touche ;
Son sceptre est un battoir !
Partout, etc.

Pour elle, c'est le jour
D'une gloire suprême,
Lorsqu'à la Mi-Carême
Se rassemble sa cour.
Dans ce jour éclatant,
Au milieu des danseuses,
Reine des blanchisseuses,
Le triomphe l'attend !
Partout, etc.

RABINEAU.

LES RÊVES PRINTANIERS

Air : *Petits enfants, hâtez-vous de danser.*

Lorsqu'à ta première saison,
Tout peut sourire à ton ivresse,
Dis-moi, mortel, as-tu raison
D'appeler toujours la vieillesse ?
A tes sens éblouis
L'avenir offre un vain mirage;
Insensé ! rien ne vaut les fruits
Eclos au soleil du bel âge.
Caresse bien tes rêves printaniers,
Nos plus beaux jours s'envolent les premiers

Vingt fois à peine sous tes yeux,
De fleurs la terre s'est parée,

Que de ton cœur capricieux,
La chimère s'est emparée.
Le temps a des lenteurs,
Enfant, vois ses rapides ailes ;
Brille vite comme les fleurs,
Tu passes aussi vite qu'elles !
Caresse bien tes rêves printaniers,
Nos plus beaux jours s'envolent les premiers.

Dors-tu sur le doux oreiller
Que t'offre le sein d'une amie,
L'ambition vient t'éveiller
Et porte au loin ta rêverie,
De sort tu veux changer,
Sur l'avenir tu te reposes,
Aux épines pourquoi songer,
Quand tu peux dormir sur des roses?
Caresse bien tes rêves printaniers,
Nos plus beaux jours s'envolent les premiers.

Sous les plis de ton jeune cœur,
Si tu sens vibrer l'harmonie,
Si, mû par son charme vainqueur,
D'émoi palpite ton génie,
N'appelle pas les ans,
Les ans étouffent le délire;
Assez tôt sous tes doigts pesants
L'hiver viendra glacer ta lyre.
Caresse bien tes rêves printaniers,
Nos plus beaux jours s'envolent les premiers.

Dupe d'un chimérique espoir,
Si tu lui consacres ta vie,
Tu voudras enfin vers le soir,
Sacrifier à la folie;

Mais, est-ce à pas tremblants
Qu'on peut cheminer vers Cythère
Et met-on sur ses cheveux blancs
La verte couronne de lierre?
Caresse bien tes rêves printaniers,
Nos plus beaux jours s'envolent les premiers

Oh! ne désire plus vieillir!
Si tu savais ce qu'il en coûte!
La peur d'obliger nous fait fuir
L'homme vacillant sur la route,
Et comme les rameaux
De ce vieil arbre qu'on délaisse,
Il reste seul avec ses maux,
Car on n'aime que la jeunesse...
Caresse bien tes rêves printaniers,
Nos plus beaux jours s'envolent les premiers.

Adolphe PECCATIER.

MADEMOISELLE FRANÇOISE

Air des *Quatr' sous du p'tit Nicole.*

Allons donc, finissez donc,
Finissez, mamzelle Françoise,
Vous êtes une sournoise,
Vous m'agacez sans raison.
Ah! c'est avoir du guignon :
Laissez donc, pourquoi donc
Aimer par force un garçon?

Je suis bien jeun' pour mon âge;
Car je n'ai que dix-huit ans :
Je n' veux pas m' mettre en ménage
Je n' veux pas avoir d'enfants.

La semaine et le dimanche,
J' fuis les fill's et d'vant leur nez
J' pass' roide comme une planche,
Et v'là qu' vous me taquinez!
Allons donc, etc.

Ah! j' vais crier au scandale,
Quoi! vous voulez m'embrasser?
Suis-j' donc un Sardanapale?
J'en rougis rien qu' d'y penser.
J'ai d' la vertu, c'est d' la bonne,
Je suis sag' comme un serin,
Moi, je n'embrasse personne.
Voulez-vous m' lâcher la main.
Allons donc, etc.

Mon papa m'a dit : sois sage,
En marchant baisse les yeux,
T' auras une belle image
Où s'ront peints des soldats bleus.
Vers la terre je me penche
Pour ne rien voir sur mon ch'min;
Mais vous m' tirez par la manche,
Et m' fixez d'un air malin. Allons etc.

Comm' la nuit j'ai peur du diable,
Et qu' je crains les revenants,
J'ai d' la lumièr' sur ma table
Et j' ferme les contrevents.
Hier soir, quelle aventure!
J'ai vu Satan, quelle horreur!
Il avait pris vot' figure
Pour me causer cett' frayeur. Allons, etc.

Attendez que je sois homme,
Dans deux ans je s'rai soldat,
D'ici là, foi de Guillaume!
Je garde le célibat.
Je ne veux point d'amourettes :
Je n'aurai pas ce défaut.
Qu'é qu' çà m' fait que les fillettes
M'appellent le grand nigaud. Allons, etc.

PURE

Musique de l'auteur des paroles.

Boude-moi si tu veux, jeune Claire,
De mes sens je resterai vainqueur,
J'ai trop peur qu'un baiser téméraire
Ne fasse une tache sur ton cœur ;
Aux champs quand les fleurs demi-closes
Dans l'air viennent nous embaumer,
Pure comme l'odeur des roses,
C'est ainsi que je veux t'aimer.

Quand l'enfant arrive sur la terre,
Air, plaisir, bonheur, tout est nouveau ;
Son plaisir, c'est le sein de sa mère,
Son bonheur, c'est son petit berceau.
En songe une extase l'enlève
Au ciel qui vient de l'animer,
Pure comme un enfant qui rêve,
C'est ainsi que je veux t'aimer.

As-tu vu sur un tableau d'église
Une vierge, œuvre de Raphaël,
Son regard d'amour se poétise
Dans ses yeux bleus fixés sur le ciel?

On croit, sous la robe de serge,
Voir son cœur pur se comprimer,
Pure comme un soupir de vierge,
C'est ainsi que je veux t'aimer.

As-tu vu dans un saint évangile
Prosternés à la croix du Sauveur,
Quatre enfants pleurant sur l'homme utile
Qui mourut pour le commun bonheur?
Leurs pleurs, par un effet étrange,
De cristal semblent se former,
Pure comme une larme d'ange,
C'est ainsi que je veux t'aimer. LEROY.

LA REINE DU CHATEAU DES FLEURS

La musique se trouve chez Vieillot, rue Notre-Dame de Nazareth, 32.

Air : *Et le cœur et la danse.*

Fuyez, esprits moroses,
Fuyez au royaume des pleurs ;
Je suis reine des roses
Dans le château des fleurs.

La couronne de mon printemps
Comme un ciel pur rayonne,
Je veux bien employer le temps
Que le destin me donne ;
A mon âge il faut saisir
Le papillon du plaisir.
Fuyez, esprits moroses, etc.

Vous qui trônez dans un sérail,
Je dois vous faire envie,
Car la liberté, le travail
Embellissent ma vie,
Sans craindre les repentirs,

Mes beaux yeux font des martyrs.
Fuyez, esprits moroses, etc.

J'aime les apprêts d'un repas,
Dans un bois, sous un arbre ;
Dans mes amours je ne suis pas
Une fille de marbre :
La conquête de mon cœur
Ne coûte rien au vainqueur.
Fuyez, esprits moroses, etc.

Je ris de l'innocent chasseur
Qui gaspille sa poudre,
Contre un être sans défenseur
Il lance en vain la foudre;
Lorsque je tends mes réseaux,
Ce n'est pas pour les oiseaux.
Fuyez, esprits moroses, etc.

Un rien me met tout en émoi,
Un rien m'est agréable ;
Celui qui se moque de moi
Est plus fin que le diable,
Les éclairs de ma gaîté
Font peur au plus effronté.
Fuyez, esprits moroses, etc.

A suivre la loi de l'hymen
Je me sens peu de zèle ;
Pour être encor libre demain,
Je reste demoiselle ;
Les époux seraient charmants
S'ils ressemblaient aux amants.
Fuyez, esprits moroses, etc.

Noël Mouret.

CHATELAINE ET CHEVALIER

Air des *Filles de marbre*, de A. Marquerie.

Tu pars, tu fuis vers des plages lointaines,
Parmi ce flot de brillants cavaliers,
Portant au front l'armet des capitaines
Et sur ton sein la croix des chevaliers ;
Puisqu'il le faut, quitte ta fiancée,
Toi dont la voix enchantait mes beaux jours,
Mais si l'on aime encor par la pensée,
Oh ! souviens-toi que je t'attends toujours !

Vers moi, de loin, tu jettes dans l'espace
L'adieu cruel qu'on aime répéter,
Mon cœur brisé confie au vent qui passe
De longs baisers qu'il va te rapporter...
Garde-les bien, n'en éteins pas la flamme,
Fais-en partout ton suprême secours,
Pour les reprendre un jour avec ton âme,
Oh ! souviens-toi que je t'attends toujours !

Quoiqu'à mes yeux tout déjà s'évapore,
Je vois briller ton armure d'acier,
L'écho plaintif vient m'apporter encore
Les derniers bruits des pas de ton coursier...
Lorsque je cède à l'ordre qui t'enlève
A mes désirs, à nos calmes séjours,
Ne me dis pas que j'ai fini mon rêve,
Et souviens-toi que je t'attends toujours !

Oui, souviens-toi, dans tes heures d'alarmes,
Que je vivrai tant que vivra ta foi,
Que le présent n'est qu'un chemin de larmes,
Et que mon cœur n'a d'avenir qu'en toi...

Si des malheurs les cruelles menaces
En nous touchant respectent nos amours,
Pour revenir tous les deux sur nos traces,
Oh ! souviens-toi que je t'attends toujours !

Ton blanc coursier disparaît dans la plaine,
Sur ton chemin mon cœur s'en est allé,
Adieu, pour moi, ta pauvre châtelaine,
L'orage gronde et le ciel s'est voilé...
Quand ta présence à mes vœux est ravie,
De mon bonheur quand Dieu suspend le cours,
Pour redonner une étoile à ma vie,
Oh ! souviens-toi que je t'attends toujours !

Victor DRAPPIER.

LE LUTIN DE LA MANSARDE

Air de *la Poudre de Perlinpinpin* (Marquerie).

Sous mes lambris, joyeux lutin
Narguant et l'or et le satin,
Rire le soir et le matin,
Rire toujours, c'est mon destin.
Sous mes lambris, joyeux lutin,
Rire toujours, rire le soir et le matin.
Sous mes lambris, joyeux lutin,
Rire toujours c'est mon destin.

Que ma vie
Fasse envie ;
D'un travail de chaque instant,
Me contentant ;
Ma chambrette,
Guillerette,
Pour moi vaut mieux qu'un manoir,
Noir !

Que peut me faire le bien-être,
La mode et ses pompeux réseaux;
Lorsque je vois par ma fenêtre
Le ciel, mes fleurs et des oiseaux.
Sous mes, etc.

Que de belles
Peu rebelles,
Se perdent sans réfléchir
Pour s'enrichir;
Moins altière,
En rentière,
J'eus pu vivre désormais;
Mais!
Si la richesse est opportune,
J'estime autant la pauvreté;
N'ai-je pas aussi pour fortune
Mon innocence et ma... gaîté?
Sous mes, etc.

Qu'en mon gîte
L'air agite
Les échos d'un son plaintif,
Venu craintif,
Lent du reste
Mon œil preste
Sonde ma poche aussitôt;
Tôt!
Mon dernier sou s'en va d'urgence
Dans la main du pauvre glaneur;
Faire l'aumône à l'indigence,
N'est-ce pas encor du bonheur?
Sous mes, etc.

Rigolette,
Mais drôlette,
Repoussant les amoureux
Aventureux ;
Dominée
L'hyménée
Suivant moi se concevrait,
Vrai !
Pour me payer de ma constance,
Fi d'un adjoint sévère ou faux ;
Pour partager mon existence,
On doit partager mes... défauts.
Sous mes, etc. Hipp. DEMANET.

MES RAYONS DE SOLEIL

Air du *Rayon de Soleil.*

« Pauvre Marie, où sont-elles ces heures
» Où je chantais sous le toit maternel,
« Où ma gaîté fleurissait nos demeures,
» Où mon bonheur pouvait être éternel?
» Il s'est enfui, ce plaisir éphémère,
» Rêve d'un jour qui suit un froid réveil.
» Qui me vaudra les baisers de ma mère,
» Mon ciel d'azur, mes rayons de soleil?

» Pourquoi mon cœur l'écouta-t-il cet homme
» Qui m'a tout pris, beaux jours, repos, honneur?
» Qui sait comment au hameau l'on me nomme?
» Pourtant Paris m'a coûté le bonheur...
» Julien, là-bas, n'eut point été volage,
» Je me souviens de son dernier conseil ..
» Qui me rendra mes amours au village,
» Mon ciel d'azur, mes rayons de soleil?

» Oh! je veux fuir cette ville maudite,
» Ce faux éclat qu'un autre peut chérir,
» Où l'espérance, hélas! est interdite,
» Où maintenant j'aurais peur de mourir.
» C'est au hameau que la fleur qui se brise
» Peut espérer quelque matin vermeil...
» Qui me rendra notre modeste église,
» Mon ciel d'azur, mes rayons de soleil! »

Soudain Marie et s'agite et se lève...
Julien est là, sa mère est dans ses bras;
Elle dormait, le passé n'est qu'un rêve
Qui, la troublant, ne la flétrissait pas.
Plus de remords, de terreurs, de souffrances,
Pour l'avenir éclairant son sommeil,
Dieu lui redonne, avec ses espérances,
Son ciel d'azur, ses rayons de soleil! DURAND.

LE ROI DES DANDYS

Air de *la Ronde de la petite Margot.*

Voyez ma mise, toujours admise
Dans les salons où la mode fait loi.
Sur ma parole, on en raffole,
Et des dandys je suis partout le roi.
Quand de mon lit un doux soleil me chasse
Au boulevart je dirige mes pas,
De la beauté que le plaisir pourchasse
J'admire au loin les séduisants appas.

Puis l'heure arrive où je m'esquive
De cet endroit devenu trop bruyant
Par une foule qui trotte et roule,
Et sans pitié vous coudoie en passant.

Au café Foy le déjeûner m'appelle.
Je meurs de faim ; mais il est de bon ton
De ne toucher qu'au petit bout de l'aile
D'un fin poulet qu'on surnomme chapon.

Quittant la table, fort délectable,
Que vous dessert des garçons le phénix,
Le ventre vide, on sort avide
De dévorer des gâteaux chez Félix.
Là vous croquez, soi-disant de Venise,
Des macarons qui se font à Paris,
Les arrosant d'un vin que l'on baptise
Des noms pompeux d'Aï, de Sillery,

Et sans mystère, vidant son verre,
En savourant mille friands trésors,
Plus d'une belle, de sa prunelle,
Pour m'enchaîner, fait jouer les ressorts.
Je ne suis pas des déserts de l'Afrique,
Malgré qu'au bal on me nomme lion,
Rassurez-vous, mon humeur pacifique
Ne trouble pas la jeune fashion.

De ma crinière, douce et légère,
Au gré des vents flotte dans sa fraîcheur,
Luisante et blonde, la boucle ronde,
Que sut former la main de mon coiffeur.
Du lac d'Enghien parcourant les bocages,
A la beauté je dis maintes douceurs,
A mes désirs l'une accorde des gages,
L'autre sourit en recevant mes fleurs ;

Elle chancelle, sous l'étincelle,
Qu'en mon regard a su placer l'amour,
Et semble dire : Sous ton empire,
Charmant Oscar, je veux vivre à mon tour.

A l'Opéra m'emparant d'une loge,
Je vais trôner sur des coussins moelleux;
A chaque femme adressant un éloge
Sur son beau schall, sa robe ou ses cheveux,
De mes pralines, roses et fines,
Qu'un confiseur me fait payer fort cher,
Je fais offrande à la gourmande
En lui parlant bal ou chemin de fer.
Mais il est temps, le foyer me réclame,
Sans le vouloir, j'y fais bien des jaloux,
En me voyant, la choriste s'enflamme,
Et la danseuse admire mes bijoux.
La jeune actrice, dans son caprice,
Cherchant partout l'art et la nouveauté,
Sur ma toilette, riche et complète,
Jette un coup-d'œil rempli de volupté.
A mon hôtel, sans regret ni fatigue,
Passé minuit, je rentre plein d'espoir
De renouer une nouvelle intrigue,
Sur les sofas d'un séduisant boudoir.
Grâce à ma mise, toujours admise,
Dans les salons où la mode fait loi,
Sur ma parole, on en raffole
Et des dandys je suis vraiment le roi.

B. DE VILLENEUVE.

LA BELLE FERRONNIÈRE

Air du *Cheveu blanc.*

Pourquoi trembler quand mon regard t'admire?
Est-ce mon nom qui cause ton effroi?
Va, mon pouvoir ne vaut pas ton empire,
Puisque tes yeux ont pu troubler ton roi.

Si j'ai pour moi le sceptre, ô mon bel ange!
Dieu t'a donné la grâce et la beauté;
De nos trésors faisons un doux échange,
A moi ton cœur, à toi ma royauté!

S'il éprouvait quelque secrète envie,
Ce cœur aimé n'a qu'à se découvrir;
Un nom pompeux peut-il flatter ta vie?
D'honneurs et d'or un mot va le couvrir.
Pourtant, crois-moi, des plus grands seul arbitre,
Le monde insulte à tout luxe emprunté;
Dans tes beaux yeux brille ton plus beau titre,
A moi ton cœur, à toi ma royauté!

Que crains-tu donc, ma belle Ferronnière,
Lorsque François t'offre un royal amour?
De nos beautés te crois-tu la dernière,
Quoique ton nom soit sans bruit à la cour?
Va, laisse leur ce vulgaire avantage,
Reste longtemps obscure à mon côté;
Régner ainsi, c'est régner sans partage,
A moi ton cœur, à toi ma royauté!

Tu ne veux pas de ce faste illusoire
Qui pèse, hélas! sur mon front douloureux;
Un sceptre d'or, brisé, remplit de gloire
L'illusion qui nous rendrait heureux.
Que nous importe, et trône et diadême,
Aime en moi l'homme et non la majesté!
Il est si doux d'être aimé pour soi-même,
A moi ton cœur, à toi ma royauté!

Un mot d'espoir a jailli de ton âme,
C'est le bonheur qu'enfin tu m'as promis;

Je puis encor déployer l'oriflamme,
Et mieux qu'hier vaincre nos ennemis.
Au champ d'honneur la mort peut me poursuivre,
Tu m'as fait croire à l'immortalité;
Toujours aimé, mourir c'est encor vivre!
A moi ton cœur, à toi ma royauté! V. DRAPPIER.

RAYONS D'AMOUR

Air de *Mes 20 ans* ou du *Retour en France.*

Où donc est-il le temps où mon ivresse
Calculais peu les heures de mes jours;
Hochets dorés que notre âme caresse,
Illusions, bouquets de nos amours;
As-tu donc fui, douce et tendre Sylvie,
Dans les sentiers où s'égaraient nos pas?
Beaux souvenirs, échelle de ma vie,
Rayons d'amour, ne reviendrez-vous pas?

J'ai désiré que la beauté fidèle
Restât toujours sur ton front amoureux;
J'en suis certain, tu dois être encor belle,
Ton jeune cœur est encor généreux.
Aussi d'espoir ma coupe s'est remplie,
Je viens chercher des baisers dans tes bras:
Beaux souvenirs, échelle de ma vie,
Rayons d'amour, ne reviendrez-vous pas?

Lorsque parfois sur ta gorge brûlante
La main d'un autre osait poser des fleurs,
Tu me disais de ta voix consolante:
Prenez, monsieur, sans consulter mes pleurs;
Dans les feuillets du livre du Messie
J'ai retrouvé tes roses, tes lilas,

Beaux souvenirs, échelle de ma vie,
Rayons d'amour, ne reviendrez-vous pas?

Quand je disais à des amis perfides :
J'aime cet ange, il est mon seul trésor ;
On répondait : Dans des plaines arides
Tu vas courir après ses ailes d'or ;
Plus forte alors, la sombre jalousie
A mon bonheur vient livrer ses combats :
Beaux souvenirs, échelle de ma vie,
Rayons d'amour, ne reviendrez-vous pas?

Je t'aime encor comme on aime d'un ange
L'image pure, image de la Foi ;
Je t'aime encor, mais ton visage change !
Tu restes sourde, et ton cœur est bien froid !
A son banquet, c'est que Dieu te convie,
C'est que tes yeux se sont fermés, hélas !
Beaux souvenirs, échelle de ma vie,
Rayons d'amour, ne reviendrez-vous pas?

PISTER.

LA BLANCHE MARGUERITE

RÉPONSE A L'AMOUR D'UN ROI.

Air de *l'Amour d'un roi.*

Ah! pourquoi donc vouloir de Marguerite
Ceindre le front d'un bandeau de rubis?
Pour la flétrir du nom de favorite,
Non ! laisse-lui ses vertus et leur prix !
Aimer un roi, c'est devenir esclave,
D'un pur amour, c'est entacher la foi ;
Respecte au moins ce bel ange suave } *bis.*
Que souillerait ta couronne de roi ! }

A tes parfums, trésors de l'Arabie,
Elle préfère une rose des champs,

Un doux baiser de sa mère chérie,
Le souvenir de ses jeux innocents;
Ne trouble pas de son âme candide
Le calme pur que lui donne la foi;
Respecte au moins le bel ange timide
Que souillerait ta couronne de roi.

Sur ton blason, va, si l'or étincelle,
Sur son beau front resplendit la candeur;
Jamais l'argent dans sa pauvre escarcelle,
Ne vint s'enfouir avec le déshonneur.
Ne ternis pas l'éclat dont elle brille,
Ah! laisse-lui les douceurs de la foi,
Respecte au moins l'aimable jeune fille
Que souillerait ta couronne de roi! De Villeneuve.

LE CONVOI DE L'ENFANT

Air de l'*Amour d'un roi.*

J'ai vu passer le convoi solitaire
D'un pauvre enfant à deux ans moissonné;
Pur, innocent, il a quitté la terre
Comme un lys blanc qu'un vent froid a fané;
Le pauvre enfant n'avait pour tout cortége
Qu'un père, un frère, aux muettes douleurs
Nous, plus heureux, nous que le ciel protége,
Sur son destin laissons couler nos pleurs.

Ce pauvre enfant n'a qu'aperçu la vie,
Pour lui, du ciel dérisoire faveur,
Faite au matin et dès le soir ravie,
Triste, passant de l'enfance au malheur;
Il n'a pas su qu'il est une existence
Où l'homme voit naître des jours meilleurs.
Nous qui du ciel éprouvons la clémence,
Sur son destin laissons couler nos pleurs.

Peut-être, hélas! une illustre carrière
De beaux lauriers devait marquer ses pas,

S'il eût franchi la terrible barrière
Que, faible enfant, il ne traversa pas;
Peut-être eût-il, muse noble et féconde,
Des vieux drapeaux arboré les couleurs;
Et de ses vers eût-il ému le monde:
Sur son destin laissons couler nos pleurs.

Peut-être, eût-il, Phidias de notre âge,
D'un marbre brut animant les contours,
Tiré la nymphe au séduisant visage,
Au corps tremblant sous de légers atours;
Peut-être eût-il, élève de Vignole,
De son talent éparpillant les fleurs,
Près du palais inauguré l'école:
Sur son destin laissons couler nos pleurs:

Peut-être eût-il, intègre diplomate,
Fait respecter partout le nom français;
D'un vol hardi, de la Seine à l'Euphrate
Eût-il porté des symboles de paix;
Ou se fût-il, ami de l'innocence,
Un jour assis parmi ses défenseurs,
Peut-être eût-il démasqué l'impudence:
Sur son destin laissons couler nos pleurs.

Abandonnons tout prestige de gloire,
N'eût-il été qu'un simple citoyen,
Pour ceux à qui fût resté sa mémoire
Il eût suffi qu'il fût homme de bien;
Honneur à lui s'il fût resté fidèle
Au bataillon des braves travailleurs:
Mais Dieu voulut qu'il repliât son aile..
Sur son tombeau laissons couler nos pleurs.

Ernest MARTIN.

LES GLISSADES

OU LA CHANSON DU VERGLAS

Air de *la petite Margot.*

Sages ou fous, guillerets ou maussades,
Dans cette vie, hélas ! où nous glissons,
Tout, à bien voir, se résume en glissades,
Parmi les fleurs ou parmi les glaçons.

Bravant le rhume ou suçant la réglisse,
Sur nos trottoirs, par un beau froid d'hiver,
Voyez l'enfant, le vrai gamin... il glisse,
Plus heureux là que sur le gazon vert.

Le séducteur glisse une flatterie,
Et quand l'amour s'est glissé dans un cœur,
La belle esclave, avec étourderie,
Glisse sa clé dans la main du vainqueur.

Glissant bientôt sur les mœurs et l'usage...
Dès qu'un remords vient se faire sentir,
On voit souvent, sur un pâle visage,
Glisser les pleurs d'un amer repentir.

Ce gros banquier veut fuir... mais esprit sage,
De ses clients l'épargne aussi fuira ;
Lorsqu'ils croiront le saisir au passage,
Entre leurs doigts le fripon glissera.

Toujours sans peur, toujours plein d'assurance,
Le matelot glisse sur l'Océan ;
Si son pied glisse... adieu toute espérance !
Car c'est alors glisser vers le néant.

L'adroit Scapin glisse une calomnie
Contre un rival qu'il cherche à prévenir,

En même temps qu'il glisse avec génie,
Quelque placet afin de parvenir.

Au cabaret, plein d'un jus délectable,
En attendant que son vin soit cuvé,
Le franc buveur glisse en paix sous la table,
Ou glissera des fois sur le pavé.

Cette danseuse à l'œil dont l'étincelle
De maint faux pas éblouit les auteurs,
Tout en glissant... fait dans son escarcelle
Glisser les fonds de ses admirateurs.

Honte à l'avare, expert en sa science,
Car tout affront qui le pourrait froisser
Glisse sur l'homme et sur sa conscience :
Lui seul parfois se fait très-bien... glisser

D'un saint amour comprenant le symbole,
Offrant toujours un baume à la douleur ;
Louange à qui sait glisser une obole
Dans l'humble main qu'entrouvrit le malheur.

Des droits acquits formant une hécatombe,
Partout l'abus se glisse en tous les sens ;
Bref! chaque humain glisse aussi vers la tombe
Par des sentiers ou plus ou moins glissants.

Sages ou fous, guillerets où mau sades.
Dans cette vie, hélas ! où nous glissons,
Tout, à bien voir, se résume en glissades,
Parmi les fleurs ou parmi les glaçons.

Hippolyte DEMANET.

LE BON VIN, LA FRANCHE GAITÉ.

Air de

Le bon vin, la franche gaîté
Sont à table,—Une devise aimable,
Fêtons donc en pleine liberté
La gaîté, le bon vin,—Le bon vin, la gaîté.

Accourez, enfants de la France!
Oubliez vingt ans de souffrance :
Il faut du chant national
Que Momus donne le signal.
Chansonniers, toujours en goguette,
Laissez l'ennuyeuse étiquette,
Rangez-vous sous notre étendard.
Entonnez en ces lieux.
Quelques refrains joyeux,
Car, Le bon, etc.

Quoi, déjà chacun me regarde
Et me dit : Voisin, prenez garde!
Ce que vous venez me chanter,
D'abord il faudrait le fêter.
C'est vrai, l'avis est salutaire,
Mais pour cela faut-il me taire ?
Non, vraiment, tout comme Panard,
Je veux à vos leçons
Riposter en chansons,
Car, Le bon, etc.

Le chagrin qui parfois me mine,
Me faisait faire triste mine ;
Accablé par cent maux divers,
J'avais fait mes adieux aux vers,
Quand soudain vibre à mon oreille

Le doux glou glou d'une bouteille.
Allons, dis-je, en prenant ma part,
Adieu tout le chagrin,
Je préfère un refrain,
Car, Le bon, etc.

Lors de la risible campagne
Qui nous fit aller en Espagne,
Et vexer plus d'un citoyen ;
Qu'allait-on faire? on n'en sait rien.
Allez, dis-je à ces gens sévères,
Pour moi tous les hommes sont frères ;
C'en est fait, quelques mois plus tard,
Ennemi tout joyeux,
J'allais rire avec eux,
Car, Le bon, etc.

Amis, tel est mon caractère,
Plus heureux qu'un roi sur la terre,
J'égayais mon joyeux printemps
Et charmais d'aimables instants ;
Mais je veux, près d'une maîtresse,
Prouver, quoique vieux, ma tendresse,
Et du sort bravant le hasard
Consacrer chaque jour
A Bacchus, à l'amour,
Car, Le bon, etc.

LAURANT.

ADORONS-NOUS TOUJOURS

Air de *la Nostalgie*, ou de *Vive Paris*.

Pourquoi toujours, ô mon aimable amie!
Me retracer l'image du passé?

Réveille-toi, tu t'étais endormie;
Oh! non, ton cœur n'est point encor glacé.
Quand les soucis couvrent ton front morose,
Offrons ensemble un bouquet aux amours:
Je veux revivre au parfum d'une rose.
Ma tendre amie, adorons-nous toujours.

Quand je te vois si douce, si jolie,
Pourquoi toujours ces récits douloureux?
Non, tendre enfant, non, mon âme affaiblie
Ne doit plus voir de larmes dans tes yeux;
Crois-moi, les pleurs défloreraient tes charmes,
Du vrai bonheur les instants sont si courts;
Quand mes baisers peuvent sécher tes larmes,
Ma tendre amie, adorons-nous toujours

J'ai tant besoin de ta vive tendresse,
Ton amour seul devait me ranimer;
Auprès de toi mon aimable maîtresse
J'ai tant besoin de vivre pour t'aimer.
Sous ton regard qui m'enivre et m'enflamme,
Je crois mourir au plus beau de mes jours,
Entre tes bras je sens glisser mon âme,
Ma tendre amie, adorons-nous toujours.

Adorons-nous, quand la même pensée
Du même feu brûle dans notre cœur,
Adorons-nous et que l'âme oppressée
Dans notre amour trouve un consolateur;
Quand notre vie est en douleurs fertile,
Faire du bien, c'est en charmer le cours,
Si notre amour au malheur est utile,
Ma tendre amie, adorons-nous toujours.

PISTER.

J'AI MON LIVRET

Paroles d'A. DALÈS.—Musique de A. MARQUERIE.

La musique se trouve chez Vieillot, éditeur, rue Notre-Dame de Nazareth, 32.

Quel bonheur! j'ai mon livret,
J' suis ouvrier tout-à-fait;
C'est pas trop dommage,
F, i, fi, n, i, ni,
J'ai fini, bien fini,
Mon apprentissage.
Houp, la, la, houp, la, la,
Tradéri, déra, la, la, la, lère,
Houp, la, la, houp, là, la.
Ah! quel plaisir je ressens là!

J' s'rai l' preu d' tous les travailleurs,
Mais, si je m' donn' d' la peine;
J' veux m' procurer des douceurs,
Le dimanch' de chaqu' quinzaine.
Toi, l'opéra du moutard,
Lazary, j' te fais la nique;
Je n' fréquent'rai plus l' boulevard
Qu' pour le théâtre Historique.
Quel bonheur, etc.

J' vas m' fair' fair', pour êtr' faquin,
Par le tailleur du pèr' Blaise,
Un beau pantalon d' nankin,
Un habit à la française,
J' veux mettr' des gilets d' couleur.
Vu qu' les blancs, ça craint les taches;
Et j' m'en vas dire au coiffeur,
Qui m' fasse pousser des moustaches!...
Quel bonheur, etc.

J' veux ach'ter pour l' jour de l'an,
Un bonnet à ma cousine,
Un fauteuil à grand' maman,
Un' rob' à ma sœur Fifine.
D'abord, pour leur fair' plaisir,
J' tiendrai pas à la dépense,
Si jamais j' peux m'enrichir,
J' veux t'êtr' leur corn' d'abondance!...
Quel bonheur, etc.

Pour me tenir en gaîté,
J' peux m' payer des friandises,
Et mettr' de l'argent d' côté,
Afin de m' fair' des surprises
L' jour de la Saint-Cyprien,
Soi-mêm' je m' souhait'rai ma fête,
Et j' m'emmèn'rai par la main
Dîner à deux francs par tête!
Quel bonheur, etc. Alexis Dalès.

L'ORIFLAMME DES ROUGES BORDS

Air des *Trois marteaux*.

Compagne de mes beaux jours,
Le boudoir où je l'habille
A pour tapis de velours
Un parterre de charmille;
Etourdîment quand tu cours
Dans les faubourgs,
Folle chanson, mes amours,
Fleuris toujours.
Chanson que l'on déifie,
Ta morale enchante et plaît,
Par toi la philosophie
A sa place au cabaret;

Dans ton nid de tourterelle,
Quand la pudeur suit tes pas,
L'innocente pastourelle
De t'aimer ne rougit pas.

Sous les toits d'une grisette
Béranger te sermona,
Et, sous le nom de Lisette,
Le monde te couronna ;
Désaugiers, au coin de l'âtre,
Eternisa ton blason,
Debraux sur ton sein d'albâtre
Souvent perdit la raison.

La chanson est l'oriflamme
Du pays des rouges bords,
La poésie est la flamme
Qui fait revivre les morts ;
La première est la conquête
Des Bohémiens troubadours,
Si la seconde est coquette,
Ce n'est que dans ses atours.

Chanson, ta voix est puissante
Quand tu peins la vérité,
Elle devient caressante
Auprès de la volupté ;
Quand Bacchus, dans son délire,
Traîne ton char triomphant,
Aux doux accords de ta lyre
Tu berces un peuple enfant.

Chansonniers, gais ou moroses,
Orgueilleux de vos moissons,
Le temps fanera les roses
Qui parfument vos buissons ;

L'air des brises printanières
Emporte les feux follets,
Les couronnes chansonnières
Ont pour fleurons des bluets.

Sur le miroir des étoiles
Quand le ciel est radieux,
Tu vogues à pleines voiles
En te moquant des faux dieux;
Quand sur toi gronde l'orage,
Au lieu d'user tes genoux,
Tu combats avec courage
Les éléments en courroux. N. MOURET.

LES FLIBUSTIERS

Paroles de V. Rabineau. — Musique de A. Marqueric
Chanté par Armand POTEL
Aux Folies-Dramatiques.

La musique se trouve chez Vieillot, éditeur, rue Notre-Dame de Nazareth, 32.

Alerte, alerte au cri de la vigie!
Démons des eaux (*bis*), flibustiers, levez-vous!
Voile à tribord! branle-bas! montrez tous
Votre vieille énergie!
A nous! à nous!
Rien n'échappe à nos coups!
A nous! à nous!
Branle-bas, flibustiers, et ce brick est à nous!
Et ce brick est à nous!

C'est un Espagnol; bonne prise!
Si j'en juge à sa coque grise
Qui se pavane sous la brise,
Grave comme un corrégidor. (*bis*).

Dans sa cale il porte fortune,
Et le diable nous en doit une :
Echangeons, frémissant à l'appât du trésor,
Le fer de nos boulets contre ses lingots d'or !
Alerte, etc.

Déjà notre aspect le tourmente;
Il approche... et sa crainte augmente;
Sabords, à la gueule fumante,
Préparez-lui d'amers regrets : (*bis*).
N'oublions rien pour sa capture;
Il veut fuir... rasons sa mature;
La première bordée emporte ses agrès; (prêts ?
Allons, mes loups de mer, vos grappins sont-ils
Alerte, etc.

A l'abordage! quelle fête!
Frappons au cœur! frappons la tête!
Balayons, vivante tempête,
Leur pont ruisselant d'un sang chaud. (*bis*).
Au dernier qui fait résistance,
La grande vergue pour potence! (faut
Dépêchons, sans merci! dans une heure il nous
A leurs tonneaux de vin livrer un autre assaut!
Alerte, etc.

Hourrah! son pavillon s'abaisse,
Sous nos haches le pont s'affaisse,
Enfant, j'en ai fait la promesse,
Nous tenons l'Espagnol hautain. (*bis*.)
Je méprise autant que ma vie
Ses trésors qui vous font envie.
Entre vous, matelots, partagez le butin;
Il me suffit à moi de fixer le destin.
Alerte, etc.

PIQUILLA

Paroles d'H. Demanet. — Musique de A. Marquerie.

La musique se trouve chez Vieillot, éditeur, rue Notre-Dame de Nazareth, 32.

Dans Séville tout dort ;
La lune au teint d'opale
Projette un rayon pâle
Sur tes balustres d'or.
En ta couche où, craintive,
Tu veilles attentive,
Mes langoureux accents
Ont dû troubler tes sens;
Tu viens, fraîche et vermeille,
Au doux bruit de mes pas,
Car, si l'hymen sommeille,
Notre amour ne dort pas.

Piquilla, (*bis*)
Ma jalouse
Andalouse
Piquilla, (*bis*)
M'entends-tu ? je suis là. } (*bis.*)

Ta pudique fierté,
Ton port de souveraine
T'ont fait nommer la reine,
La reine de beauté,
Lorsque ma mandoline
Réveille en la colline

Les lutins endormis,
Plus rivaux qu'ennemis.
Oh ! si bien que tu m'aimes,
Je crois, en mon tourment,
Que les lutins eux-mêmes
Viennent dire humblement:
Piquilla, etc.

De ton coquet réduit,
Jette, aimante et joyeuse,
Cette échelle soyeuse
Qui vers toi me conduit.
Buvons avec délice,
A même le calice
Que le Dieu du plaisir
Offre à chaque désir.
Si le tyran surveille,
Oh ! sois calme toujours,
Car mon stylet qui veille
Répondra de tes jours.
Piquilla, etc.

L'OISEAU DE LISE

Paroles d'H. Demanet. — Musique de Mme A. Tissot.

La musique se trouve chez Vieillot, éditeur, rue Notre-Dame de Nazareth, 32.

Petit oiseau qu'à sa fenêtre
Lise se plait à déposer,
Toi, qu'elle entoure de bien-être,
Qui reçois son premier baiser ;

Plus heureux que dans ton bocage
Quand tu vivais au bord fleuri
D'un marécage; *bis.*
Je voudrais bien être en ta cage, } *bis.*
Petit mignon, oiseau chéri!

Avant les fleurs de sa croisée,
Tu la revois chaque matin,
Ta subsistance est composée
Des plus beaux fruits de son festin.
Quand tu vas, douce créature,
Sur ses lèvres qui t'ont souri
Chercher pâture, *bis.*
J'envie alors ta nourriture } *bis.*
Petit mignon, oiseau chéri!

Qu'un noir accès de maladie
Rende son front parfois rêveur
La beauté de ta mélodie
Pour elle est un baume sauveur.
Tu sens alors sur ton plumage
Passer la main qui t'a nourri,
Touchant hommage! *bis.*
Que ne puis-je avoir ton ramage, } *bis.*
Petit mignon, oiseau chéri!

Les jours de froid ou de paresse,
J'aime à te voir souvent chercher,
Outre une joyeuse caresse,
Un gîte où tu te vas cacher;
Sous le linon qui se déplace,
Son sein te présente un abri,
Sa main t'y place, *bis.*

Que je voudrais être à ta place, } *bis.*
Petit mignon, oiseau chéri !

Heureux celui qui, plein d'adresse,
Pour l'obtenir te flattera,
Ayant ta part de sa tendresse,
L'autre moitié lui reviendra.
Ce moyen qui seul nous rassemble
Doit, pour devenir son mari,
Plaire, il me semble ; *bis.*
Nous t'aimerons un jour ensemble, } *bis.*
Petit mignon, oiseau chéri !

LES ROUGES BORDS

PARODIE DES PIÈCES D'OR

Ronde chantée au théâtre du Vaudeville dans les *Filles de marbre,*

Chantée par les Comiques de Paris, dans tous les Cafés-Concerts.

Paroles d'A. Dalès.— Musique de M.-E. Montaubry.

La musique se trouve chez Vieillot, éditeur, rue Notre-Dame de Nazareth, 32.

Aimes-tu, Margot, ma chatte,
Quand la Rose est en bouton,
Avec un fil à la patte
Voir voler un hanneton ?
Aimes-tu, bonheur insigne,
Quand le ciel est bien vermeil,
Voir le pêcheur à la ligne } *bis.*
Qui pince un coup de soleil.

Ah! non! ah! non!
Margot, qu'aimes-tu donc?
Ni le flan ni la galette,
Ni chausson ni berlingot,
Ni le bruit de la sonnette
Du vieux marchand de coco!
(*Bruit de tintin sur les verres.*)
Boire est ce qui plaît à Margot,
Oui, voilà ce qu'aime Margot, oh!

Aimes-tu faire une route
Seule, à pied, dans un faubourg?
Aimes-tu, dans la choucroûte,
Les saucisses de Strasbourg?
Aimes-tu mieux, ma poulette,
Au fond d'un noir cul-de-sac,
Entendre une serinette
Jouer : *J'ai du bon tabac?*
Ah! non! ah! non! etc.

Aimes-tu, chose très-rare,
Un bon drame aux boulevarts!
Aimes-tu dans une mare
Voir *barbotter* des canards?
Aimes-tu voir les Hercules
Jongler avec des kilos!
Aimes-tu les Funambules
Depuis qu'ils ont deux pierrots?
Ah! non! ah! non! etc.

CHENILLES ET PAPILLONS

Air : *Le bon Dieu nous tient compte au ciel*
Du bien que nous faisons sur terre.

Trop souvent on rit du malheur,
Heureux celui que Dieu protége!

Par un caprice le bonheur
Peut nous ôter son privilége;
On peut trouver sous des haillons
Des cœurs humians et des bons drilles,
Si vous aimez les papillons,
Ah ! n'écrasez pas les chenilles.

Pourquoi mépriser ces enfants
Dont on doit plaindre l'indigence ?
Peut-être un jour, par leurs talents,
Ils seront l'orgueil de la France;
Il se peut que nos bataillons
Ne restent pas toujours tranquilles,
Si vous aimez les papillons,
Ah ! n'écrasez pas les chenilles.

Pourquoi dédaigner, gens ingrats,
Les fillettes déguenillées?
Avant peu leurs jeunes appas
Tenteront vos âmes rouillées;
On peut sous de vieux cotillons
Cueillir des roses très-gentilles,
Si vous aimez les papillons,
Ah ! n'écrrsez pas les chenilles.

Messieurs, quittez ce ton railleur,
Critiquer me semble funèbre,
Peut-être un jour ce jeune auteur
Par ses écrits sera célèbre ;
Il faut semer sur les sillons
Avant d'employer les faucilles,
Si vous aimez les papillons,
Ah ! n'écarsez pas les chenilles.

On montre souvent trop d'égard
A l'opulent pour sa richesse,

La fortune vient du hasard,
Le cœur seul donne la noblesse :
On peut acquérir des millions
En ruinant d'honnêtes familles,
Si vous aimez les papillons,
Ah ! n'écrasez pas les chenilles.

Quand donc finiront les grands mots
Qui chaque jour nous réprimandent ?
Ici-bas trop souvent les sots
Aux gens d'esprit même commandent ;
Gardez vos biens, vos pavillons,
Et laissez-nous sous les charmilles,
Si vous aimez les papillons,
Ah ! n'écrasez pas les chenilles.

Alexandre FONVAL.

LA FAUVETTE DE PARIS

Paroles de N. MOURET. — Musique de feu DÉSAUGIERS.

La musique se trouve chez Vieillot, éditeur, rue Notre-Dame de Nazareth, 32.

Quand l'astre qui brille
Montre son falot,
Déjà mon aiguille
A pris le galop
Dans mon logement,
La gaîté, voilà ma compagne ;
Je chante gaîment,
Lorsque mon voisin m'accompagne :
Si je suis pauvrette,
Pour charmer mes jours,

Comme la fauvette,
Je chante toujours.

Quand j'ai fait ma tâche,
A la fin du jour,
Sans que je m'attache
L'on me fait la cour,
J'ai dix amoureux
Qui m'apportent de la galette,
Par malheur pour eux
J'ai la vertu de Rigolette.
Si je suis pauvrette, etc.

J'aime sous un chêne
Doyen des forêts
Me faire une chaîne
Avec des bluets.
J'aime les roseaux,
Tuyaux d'orgues de la prairie ;
J'aime les oiseaux
Qui dansent sur l'herbe fleurie.
Si je suis pauvrette, etc.

Je ris des bêtises
Qu'on me dit tout bas,
Je ris des sottises
Qu'on fait ici bas.
Je ris du moqueur
Qui me fronde sur sa musette ;
Je ris de bon cœur
Quand quelqu'un m'appelle grisette.
Si je suis pauvrette, etc.

Lorsque l'hyménée
Viendra me saisir,
Dans cette journée
Offerte au plaisir,
L'amour sur mon front
Hardiment peut croiser la frange;
Sans craindre un affront.
Je peux donner ma fleur d'orange.
Si je suis pauvrette, etc.

L'HOMME NOIR.

Paroles de V. DRAPPIET.—Musique de A. MARQUERIE.

Chantée par M. BERNARD,

Au Concert des Champs-Élyrées.

La musique se trouve chez Vieillot, éditeur, rue Notre-Dame de Nazareth, 32.

Le soir a bruni la vallée,
C'est l'heure sombre où, sur les monts,
Bondit la ronde échevelée
Des sorcières et des démons; (*bis.*)
Le pâtre en frissonnant raconte
Qu'il a vu le spectre damné,
Le spectre d'Otto, le vieux comte,
Près du castel abandonné...

Sous l'ombre épaisse des charmilles,
Si vous allez rêver le soir, (*bis.*)
Que Dieu vous garde, ô jeunes filles,
De l'homme noir (*bis.*)
Du vieux manoir!

On dit que, tout puissant naguère,
Livrant partout de grands assauts,
Il ne revenait de la guerre
Que pour asservir ses vassaux ; (*bis.*)
C'était l'épouvantail des mères,
Des enfants il était l'effroi ;
Oh ! combien de larmes amères
Coulaient au bruit de son beffroi !...
Sous l'ombre épaisse des charmilles, etc.

On dit qu'un jour, beau comme un ange,
Un jeune et brillant cavalier
Lui demanda, d'un air étrange,
L'honneur d'un combat singulier ; (*bis.*)
Chacun craignait un sort sévère,
Mais l'enfant aux habits soyeux
Brisa le géant comme un verre
Aux pieds de ses vassaux joyeux...
Sous l'ombre épaisse des charmilles, etc.

Terrible aux jours de sa puissance,
Nul varlet ne vint à ses cris,
Sa chute sauvait l'innocence,
Sa mort délivrait cent proscrits ; (*bis.*)
Mais, avant de cesser de vivre,
Il jura, de sa voix de fer,
Qu'il reviendrait pour les poursuivre
Une fois par an de l'enfer...

Sous l'ombre épaisse des charmilles, etc.
Malgré ce conseil tendre et sage,
La plus belle fleur du hameau

Courut l'attendre à son passage
Cachée à l'ombre d'un ormeau ; (*bis*)
Mais le lendemain, dans la plaine,
On retrouva, comme un trésor,
Son joli tablier de laine,
Et sa mère l'attend encor...
Sous l'ombre épaisse des charmilles, etc.

L'ENFANT ET LE ROUET

Paroles d'Edouard TISSOT. — Musique de Mme Antonia TISSOT.

La musique se trouve chez Vieillot, éditeur, rue Notre-Dame de Nazareth, 32.

—Entre mes doigts, le lin docile
Guidé par toi, léger fuseau,
Soutient, seul, le pauvre berceau
De mon enfant encor débile.
Sans te lasser, mon gagne-pain,
Tourne toujours avec courage,
Pour que cet ange au doux visage
Ne connaisse jamais la faim.
Va, tourne jour et nuit,
Tourne, tourne sans bruit,
O mon léger fuseau !
Pour le pauvre petit
Qui dort en ce berceau ;
Va, tourne jour et nuit,
Tourne, tourne sans bruit.

Si le devoir, craintive mère,
Me retient là, près de mon fils,
Daigne, Seigneur, comme au parvis,
Daigne sourire à ma prière.
Du front poli de cet enfant
Eloigne tout pli, tout nuage,
Et donne-lui pour héritage
A lui, bonheur ! à moi, tourment...

Mais, toi, va jour et nuit,
Tourne, tourne sans bruit,
O mon léger fuseau !
Pour le pauvre petit
Qui dort en ce berceau ;
Va, tourne jour et nuit,
Tourne, tourne sans bruit.

Ainsi priait la pauvre mère,
Et son fuseau, marchant toujours,
Chassait, à chacun de ses tours,
Le besoin loin de la chaumière.
Puis, on dit que quand vint le jour
Où son bras fut glacé par l'âge,
L'enfant, devenu grand et sage,
Tourna le rouet à son tour,

Répétant jour et nuit :
—Tourne, tourne sans bruit,
Tourne, léger fuseau,
Pour celle qui, petit,
Veilla sur mon berceau ;
Va, tourne jour et nuit,
Tourne, tourne sans bruit.

TROUBADOUR AU RENDEZ-VOUS

CHANT ALIEN

Air : *Je suis le barbier de Grenade.*

Gentils oiseaux, chantez sans cesse,
Vos accents réjouissent les cœurs ;
Mêlez vos refrains pleins d'ivresse
Au suave parfum de fleurs.

Troubadour à mine charmante,
Aux noirs cheveux, taille élégante,
Le cœur ému d'un doux espoir,
A la pâle clarté du soir
Chantait d'une voix douce et rare
L'accompagnant de sa guitare
Ce tendre et doux refrain d'amour
Qu'a redit l'écho d'alentour :
Gentils oiseaux, etc.

Il disait je t'aime, ô je t'aime ;
Ange d'amour, beauté suprême!
Le noble éclat de tes grands yeux
Ferait pâlir l'astre des cieux ;
Tes attraits m'ont mis en délire,
A tout ce que tu pourras dire
Toujours mon cœur te répondra :
Je t'adore, ô ma signora !
Gentils oiseaux, etc.

Mais j'entends ouvrir la fenêtre,
Puis au balcon je vois paraître
La belle qui, dans ce moment,
Jette une échelle à son amant ;

Jusqu'au balcon, d'un pas rapide,
Un délirant plaisir le guide,
C'est alors que nos amoureux
Semblaient répéter tous les deux :
Gentils oiseaux, etc. A. FONVAL.

UN JOUR DE CARNAVAL

Air : *Ma petite, monte vite.*

Passe vite,
Marguerite,
Ton corsage de velours,
Tes dentelles
Les plus belles,
Tes brillants atours.

Vrai, ton costume est charmant,
Le mien n'est pas sans agrément,
Je me sens plus heureux qu'un roi,
Et j'ai de quoi.
J'arrive de chez ma tante
Qui, sur ma montre d'argent,
M'a prêté, bonne parente,
A douze du cent.

Partons vite,
Marguerite,
Le plaisir avec l'amour
Nous appelle ;
Viens, ma belle,
Nous n'avons qu'un jour.

Me voilà riche en quibus,
Je veux te payer l'omnibus;
C'est un luxe permis à tous
Avec six sous.

J'y vois un séminariste
Que coudoye un vieux tambour,
Et que lorgne une modiste
Aux yeux pleins d'amour.
Allons vite, etc.

Vois dans ce cabriolet
Un paillasse, un titi coquet ;
Tiens, c'est la femme du voisin
Et son cousin !
Mais j'aperçois la Vielleuse
Et plus loin le bal Favier
D'où plus d'un pied de danseuse
S'en va sans soulier.
Courons vite, etc.

Commençons, mon doux minet,
Par manger un plat de civet,
Le veau n'est pas de mon goût,
J'en vois partout ;
Après la fine salade,
Nous pinç'rons le gloria,
Nous pinç'rons la rigolade
Et la mazurka.
Dansez vite, etc.

Quoi ! ce masque au nez si long
Vient te trotter sur le talon,
Ce nez là m'inspire un désir :
Le démolir.
Nez, va t'en prendre une prise
Dans la poussière du bal,
Pif ! paf ! à bas ! qu'on te brise !
Galop infernal !
Dansons vite, etc.

Mais je vois le gaz pâlir,
Il faut nous hâter de sortir,
Car voici pour l'amusement
Le vrai moment.
Déjeûnons à la descente,
Si nous manquons de noyaux,
Nous remontrons chez ma tante
Serrer nos manteaux.
Partons vite, etc.

N, i ni, tout est fini,
Et nous rentrons dans notre nid;
Nous n'avons plus rien au gousset,
Rien au buffet.
Mais, après pareille bosse,
Peut-on songer à la faim?
Finissons bien notre noce,
Nous verrons demain.

Ote vite,
Marguerite,
Ton corsage de velours,
Sans dentelle,
Sois, ma belle,
Toujours mes amours.

Mme Ernestine RABINEAU.

LETTRE D'UN CONSCRIT A SON PÈRE

Air : *Ah! si madame me voyait.*
Ou : *Conscrit, je bois à ta santé.*

Papa, j' suis p't êtr' longtemps resté
Sans répondr' à votr' dernièr' lettre :
Mais r'pris là-d'ssus comm' j' viens de l'être
J' vous envoie un p'tit mot cach'té,
J' souhait' qu'il vous trouve en bonn' santé,

A n' m'en vouloir je vous invite,
Si je fus un peu négligent,
J' voudrais un' réponse au plus vite :
Papa, fait's-moi passer d' l'argent.

Je vous cont'rai pour en finir
Qu'à présent je n' suis plus novice :
Voilà que j'ai cinq mois d' service,
On m' promet quéqu'chos' pour l'av'nir,
J'ai les moyens de parvenir ;
Chacun me flatt', me rend hommage,
Comme j' dois tout à mon sergent,
Il est just' que je l' dédommage,
Papa, fait's-moi passer d' l'argent.

L'autr' jour, j' fais rouler deux castors,
J'étais gris, on m' flanque un' bourrade,
Aussitôt mon vieux camarade
M' défend d' tout cœur, quoiq' j'euss' des torts
Et r'çoit un coup d' poing d' ces butors :
Il en a comm' un noyau d' cerise
Qui lui serr' la gorg' en mangeant ;
De rhum i' faut qu'on l' gargarise,
Papa, fait's-moi passer d' l'argent.

J' pourrais vous monter un' couleur,
C' que l'on s'applique à m' fair' comprendre,
Vous dire, et plus d'un s'y laisse prendre,
Qu'y vient d' m'arriver un malheur,
Ce qui provoqu'rait votr' douleur :
Quoiqu' ça fusse un moyen propice,
Avec vous ça n'est pas urgent...

Mais vu que je suis à l'hospice...
Papa, fait's-moi passer d' l'argent.

Pour clor' ma lettr', je vous dirai :
Qui faudrait tout d' suit' me répondre ;
Comm' c'est ennuyeux d' correspondre,
Désormais, quand j' vous écrirai,
C'est qu' dans l' besoin je m' retrouv'rai.
Portez-vous bien ; je vous r'commande
D'emplir le sac, d'êtr' diligent,
Et jusqu'à c' que j' vous en r' demande,
Papa, fait's-moi passer d' l'argent.

DEMANET.

REGRETS

Air : *Ah! reprenez vos pipaux, vos hautbois.*

Elle ne m'aime plus, puis-je donc bien le croire,
Où sont ces doux baisers, ces serments, cet amour ?
L'illusion est là seule dans ma mémoire,
Tout mon bonheur s'est flétri dans un jour ;
J'ai terminé le plus riant des songes,
Je pleure en vain sur la réalité...
Mes souvenirs sont autant de mensonges,
De tant d'amour que m'est-il donc resté ?

Quand ses cils s'abaissaient sur sa paupière noire,
Je voyais son beau front d'ébène couronné,
Ses lèvres me montraient de beaux morceaux d'ivoire,
Son sein brillait comme un marbre veiné.
Sur un miroir je crus, jetant la vue,
Pygmalion enfin ressuscité,
Sous des baisers animer ma statue,
De tant d'amour que m'est-il donc resté ?

Quand sa bouche charmante, en embrassant la mienne,
Me demandait : Ami, n'aimeras-tu que moi ?
Ma poitrine tremblante, haletant sous la sienne,
Lui répondait : A toi, toujours à toi !
Presqu'insensé sous des baisers de flamme,
J'oubliais tout... j'aimais ma volupté !
Et nos deux cœurs ne faisaient plus qu'une âme,
De tant d'amour que m'est-il donc resté ?

Lorsque de mon trépas l'heure sera venue,
Qu'il faudra qu'au néant je rende tout son bien,
Pas d'épitaphe, ami, sur ma croix simple et nue,
Mais un seul mot, que ce soit le mot rien !
Quand on viendra, pour rendre à ma mémoire
Quelques regrets (si je l'ai mérité),
Chacun dira, désignant ma croix noire,
De tant d'amour c'est ce qu'il est resté !

Gustave LEROY.

POURQUOI JE NE VEUX PLUS AIMER

Air du *Retour en France.*

Ne cherchez plus à repeupler mon âme
Des souvenirs de tout ce que j'aimais ;
Depuis longtemps j'ai soufflé sur la flamme
Qui dans mon cœur s'est éteinte à jamais ;
De vos Phrynés j'ai fui l'aimable troupe
Dont l'œil de feu ne peut plus m'enflammer,
J'ai de l'Amour vingt fois vidé la coupe,
Voilà pourquoi je ne veux plus aimer !

J'avais rêvé dans ma folle jeunesse
Qu'un jour brillait, pur, immatériel,

Que femme aimée au feu d'une caresse
Nous faisait croire aux délices du ciel ;
Cet ange un jour apparut dans mon rêve.
Mais le réveil vient de tout consumer ;
Près d'elle, hélas ! passa le serpent d'Eve,
Voilà pourquoi je ne veux plus aimer.

Oui, c'est un fruit que ma bouche rejette,
Pour moi l'amour n'est plus un doux aimant ;
Au poids de l'or il se vend, il s'achète,
C'est au plus riche et non au plus aimant.
Il a coupé ses deux ailes d'archange,
Dieu s'était plu jadis à le former,
Mais il bâtit ses palais dans la fange,
Voilà pourquoi je ne veux plus aimer.

Ah ! pardonnez à ma parole amère,
Un amour pur peut surgir quelquefois,
La femme est sainte aussitôt qu'elle est mère,
Près d'un berceau la satire est sans voix,
A la beauté j'ai fait peut-être injure,
Mais dans son cœur qui sait nous désarmer
Il est toujours un coin pour le parjure,
Voilà pourquoi je ne veux plus aimer.

Auguste Bonneterre.

LE MALHEUREUX SORT DES CUISINIÈRES

Air : *Jeanne, Jeannette, Jeanneton.*

Quel supplice d'être en maison,
Faut obéir à tout caprice,

Va, crois-moi, ma bonne Suzon,
Ne te mets jamais en service ;
Ou si parfois tu t'y mettais,
Choisis-moi un célibataire,
Car dans un ménage complet,
Ah ! dam ! c'est bien une autre affaire,
Ah ! crois-moi, ma bonne Suzon,
Ne te mets jamais en maison.

Monsieur command', madame aussi,
Comment fair' pour les satisfaire?
Que de tourment, que de souci,
Faut qu'à tous deux je sache plaire ;
D'abord au sortir de son lit,
Monsieur me cri' : Cirez mes bottes,
Passez-moi vite mon habit,
Et brossez-moi ma redingote,

Ah ! crois-moi, etc.

Puis l'enfant s'éveille aussitôt,
Faut le bercer sans nulle entrave ;
Madame demande au plus tôt:
Louison, de l'eau, je suis en nage.
Après, il faut suivre au marché
Madame qui sur tout marchande,
Les marchands souvent sont fâchés
De voir une telle chalande.

Ah ! crois-moi, etc.

L'anse du panier est en r'tard,
Ces cœurs là ne sont pas sensibles,
Ça marchanderait pour un liard,
Ah ! tu vois bien que c'est horrible.

Madame veut-elle sortir,
Faut l'habiller, fair' sa toilette;
La mijoter à n' plus finir,
Et cela des pieds à la tête.
Ah! crois-moi, etc.

Elle se mire et puis s'enfuit,
Je reste seul' dans ma cuisine,
Un' prison où je meurs d'ennui,
Toujours seul', cela me chagrine;
Enfin, faut tout faire à présent,
La cuisinièr', la blanchisseuse,
Fair' les cours's et soigner l'enfant,
Et de plus être repasseuse.
Ah! crois-moi, etc.

Tu le vois, c'est à n' plus finir,
C'est un enfer, un esclavage,
Si je pouvais donc en sortir,
Mais, hélas! je n'ai plus ton âge;
Ah! dans ma première maison,
Je comptais bien des bénéfices,
Là je servais un vieux garçon
Qui récompensait mes services.
Ah! crois-moi, etc. SÉNÉCHAL.

LES ROMANS

CONSEILS A LISE

Air des *Vingt ans*.

Lise, crois-moi, laisse là ces ouvrages,
Ils tromperaient ton cœur et ta raison,

Souvent l'attrait de ces brillantes pages
Pare de fleurs un perfide poison;
L'esprit s'endort, caressé dans sa sève,
Amour sourit à des souhaits charmants,
Mais le jour vient et l'on maudit son rêve,
Lise, crois-moi, ne lis pas de romans.

D'un sot marquis célébrant les prouesses,
Dans son récit un amusant conteur
Te montrerait Versailles, ses richesses,
Temple de l'art au pouvoir enchanteur;
Sous tant de feux méprisant l'humble lierre,
D'un pur amour oubliant les serments,
Tu rêverais le sort de Lavallière,
Lise, crois-moi, ne lis pas de romans.

D'autres, armés du fouet de la satire,
De traits sanglants frappent l'humanité,
Penseurs étroits, pourquoi de tout médire?
Dépouillez-vous d'une vaine fierté;
Par vous le cœur s'emplit d'indifférence,
Vous étouffez, sous vos ressentiments,
La voix bénie où sourit l'espérance,
Lise, crois-moi, ne lis pas de romans.

Lise, crois-moi, laisse là ces ouvrages,
De soins plus beaux occupe tes instants,
Simple en tes goûts, ta vie est sans nuages,
Comme le ciel d'un beau jour de printemps;

De doux tableaux rêves-tu la peinture?
Pour exalter tes nobles sentiments,
Ange aux doux yeux, cherche dans la nature :
Lise, crois-moi, ne lis pas de romans.

M. Patez.

TOUT POUR MON ENFANT

Air de *la Rose des champs*.

Non, ce n'est pas une chimère,
Ce n'est pas un songe menteur,
Depuis quatre mois je suis mère,
Sans maudire mon séducteur ;
Malgré sa trahison cruelle,
Mon indulgence le défend ;
Comment oublier l'infidèle?
C'est le père de mon enfant.

Pauvre petit, quand tu reposes,
Les anges bercent ton sommeil,
Je vois pâlir le teint des roses
Près de ton visage vermeil ;
Malheur à l'insecte perfide
Qui vient t'effleurer en passant,
Sans remords je suis homicide
Pour te venger, mon cher enfant.

Quand un cœur vertueux me blâme,
Je lui réponds avec douceur :

Touche les cordes de mon âme
Et tu seras mon défenseur ;
Tous les jours, malgré qu'on me gronde,
Je donnerais, j'en fais serment,
Toutes les richesses du monde
Pour un baiser de mon enfant.

Gage sacré de ma faiblesse,
Soutiens mon courage abattu,
Pour édifier ta jeunesse,
Je veux pratiquer la vertu ;
Avec orgueil, oui, je puis dire :
A ce préjugé triomphant,
Ma bouche a toujours un sourire
Quand je contemple mon enfant.

Noël MOURET,

LE MIRAGE DE L'ABSENT

Air d'*Où viens-tu, beau nuage?*

Conduis-moi, doux mirage
Que j'invoque souvent,
Vers mon pauvre village *bis.*
Que je vois en rêvant.

A l'heure où de ma mère
Se ferme la paupière,
Où sa douce prière
Monte vers l'Eternel ;
Ouvre-moi la demeure
D'Estelle qui me pleure :
Il me semble à toute heure
Entendre son appel !
Conduis-moi, etc.

Franchissons la colline
Qui là-bas se dessine
Où de loin on domine
Le bois long et touffu.
Un jour de mon jeune âge,
Effrayé par l'orage,
Caché sous son feuillage,
Je pleurais éperdu.
Conduis-moi, etc.

Et les rondes joyeuses,
Les danses amoureuses
Où les filles rieuses
Vont se mêler le soir;
Où, sous sa robe blanche,
Estelle, le dimanche,
Comme un beau lys qui penche
Brillait sous le ciel noir.
Conduis-moi, etc.

C'est là, sous cet ombrage
Au lugubre feuillage
Que les morts du village
Dorment ensevelis;
Je veux baiser la terre
Où repose mon père,
Mêler à sa poussière
Les larmes de son fils.

Conduis-moi, doux mirage
Que j'invoque souvent,
Vers mon pauvre village
Que je vois en rêvant.

Maurice Patez.

LE FILS DE L'ESCLAVE NÈGRE

Air de *la Plainte du Mousse*.

Enfant, vois-tu là-bas sur la mer écumante
Ce frêle esquif battu par la fureur des flots,
Il vient pour enchaîner ta destinée errante
Au travail fatiguant de ces durs matelots;
Ils t'ont vendu, mon fils, car tu naquis esclave
Tu dois courber le front comme un être maudit.
Si tu veux être libre et briser toute entrave,
Abandonne ta mère et fuis, pauvre petit! (*bis*).

Fuis vers les bords lointains où la liberté règne,
A l'Europe étonnée exprime ta douleur,
Dis-lui: Si je suis noir, quand mon pauvre corps saigne,
Du sang de l'homme blanc mon sang a la couleur;
Ils te tendront la main en te nommant leur frère,
Car ils n'ont pas le cœur méchant, à ce qu'on dit.
Si tu veux être libre, enfant, sur cette terre,
Abandonne ta mère et fuis, pauvre petit!

C'est ainsi qu'en pleurant la captive négresse
Pressait entre ses bras cet enfant des déserts
De qui les doux baisers, l'innocente caresse
Apportaeint le bonheur au milieu de ses fers
Lorsque l'aigre sifflet du maître de l'esclave,
Comme un signal de mort, dans l'air a retenti;
Pars, dit-elle, il est temps, et brise toute entrave,
Abandonne ta mère et fuis, pauvre petit!

Il allait s'éloigner, mais, regardant sa mère,
Le pauvre enfant alors ne peut faire un seul pas,
La liberté, dit-il, me serait trop amère,
Loin de toi le bonheur pour moi n'existe pas,
Je saurai sans murmure, hélas! courber la tête,
Puisque le doigt de Dieu sur nous s'appesantit.
Près de sa mère un fils peut braver la tempête,
Ainsi sèche tes pleurs et garde ton petit! VILLENEUVE.

TABLE

Paris. —Imp. Beaulé, rue Jacques de Brosse, 10.

www.ingramcontent.com/pod-product-compliance
Ingram Content Group UK Ltd.
Pitfield, Milton Keynes, MK11 3LW, UK
UKHW021216230726
13926UKWH00003B/1062

9 782014 042580